RICHARD DE BOECK

MEURTRE MALGRÉ TOUT

— La joie de lire —

Sous la direction de
P. De Rammelaere, St. D'haene, D. Keirsebilck

Richard De Boeck, *Le fantôme de Roscoff*
Richard De Boeck, *Le mystère du Verdon*
Richard De Boeck, *Mais où est passée la navette?*
Richard De Boeck, *Meurtre malgré tout*
Marie-Antoinette Raes, *Un safari inoubliable*
Molière, *Le Bourgeois Gentilhomme*
par Stefaan D'haene
Guy de Maupassant, *Amour, mariage, famille: dix nouvelles*
par Roland Schoepen
Crimes à gogo
par Pierre De Rammelaere
et Daniël Keirsebilck

RICHARD DE BOECK

Meurtre malgré tout

UITGEVERIJ DE NEDERLANDSCHE BOEKHANDEL
ANTWERPEN

Le principal objectif de cette collection étant le plaisir de la lecture, nous avons délibérément opté pour la traduction des mots nécessaires à la compréhension du texte.

ISBN 90 289 0880 3
D/1984/0055/29

Table des matières

1
MADAME ÉLÉONORE AMOUREUSE

— Elle est folle!
— Non, disons qu'elle est excentrique, mais pas folle.
— Non, elle est folle et riche, une vieille femme folle et riche.
— Tu te trompes, ma chère Anne, au moins en ce qui concerne la folie. Elle sait très bien ce qu'elle fait. Jamais on n'a retiré autant des vignes. On dit que les champagnes «Lachat» se retrouvent sur les meilleures tables, dans les restaurants les plus exclusifs.
— Peut-être. Cependant, tu ne peux pas nier qu'à son âge on ne pense plus à se marier.
— Elle veut se marier?
— Tu vois, les hommes ne remarquent jamais rien. Ils raisonnent trop. Pour eux, seul l'argent compte. Mais souviens-toi: on ne voit bien qu'avec le coeur.
— Tu vas encore me parler de ta dernière dissertation? Dans ce cas, je te fais remarquer que cette citation vient de Saint-Exupéry et que celui-ci était bel et bien un homme. Donc...
— D'accord pour Saint-Exupéry, mais cela n'empêche pas que j'ai vu des choses auxquelles tu n'oserais même pas penser.
— Ah? alors, raconte.
— La vieille est tombée amoureuse comme une adolescente.
— Tiens, première nouvelle! A son âge!
— Tu vois, mon frère, tu dois bien reconnaître maintenant qu'elle a perdu la raison. Pendant des années et des années elle joue à la châtelaine, âgée et distinguée bien sûr, mais souffrante et faible. Et tout à coup voilà Cupidon qui donne un deuxième souffle, une deuxième jeunesse à celle dont les héritiers attendaient la mort avec impatience.
— Anne, tu exagères.
— Et en quoi j'exagérerais?
— Mais en tout, voyons: l'âge de madame Eléonore, son état de santé, le

LE CHEVALIER DE REIMS

coup de foudre. Soyons sérieux. Tu crois que les escapades[1] amoureuses peuvent rimer avec la bigoterie[2]?

— Cela en a l'air. Tu n'as pas remarqué que depuis quelque temps les visites de monsieur Louis Bafonds deviennent de plus en plus fréquentes?

— Il y a des années qu'il vient régulièrement ici. C'est un vieil ami de la famille.

— C'est vrai, mais avant ils ne se donnaient pas rendez-vous à Reims.

— Qu'est-ce que tu en sais?

— Je l'ai vu de mes propres yeux. Ils étaient au café «Le Chevalier de Reims» et se tenaient la main comme des amoureux.

— Comme c'est touchant[3]! Des vieux qui se tiennent la main amoureusement, se regardent dans les yeux et se disent des mots doux. Leur café-crème refroidit dans les tasses. Ils forment un îlot de paix au milieu de la foule agitée, nerveuse et surmenée[4] qui se dépêche vers son lieu de travail. Oui, vraiment une histoire d'amour extraordinaire, fraîchement sortie d'un magazine pour femmes.

— Soit! Tu ne me crois pas? Tant pis, je m'en vais. J'ai encore autre chose à faire que d'ouvrir les yeux à mon frère incrédule[5]. Je vais aider maman. A tantôt.

Anne se lève et disparaît.

Pierre la regarde partir. Quand la porte d'entrée s'ouvre, un vent glacial[6] s'engouffre dans la chambre surchauffée[7]. C'est le mois de janvier et il fait exceptionnellement froid pour la Champagne.

Pierre regrette un peu le départ de sa soeur. Sa curiosité a été éveillée par ce qu'elle a dit et c'est de sa faute s'il n'en sait pas plus long[8] maintenant. Il est resté sur sa faim[9] à cause de son manque de tact. A vrai dire, elle a probablement raison. Anne ne juge pas les gens à la légère. Elle est bonne observatrice et quand elle a décidé de parler, c'est tout réfléchi. D'ailleurs ce serait bien amusant si une intrigue amoureuse se nouait[10] dans le vieux château, si un vent nouveau se mettait à souffler entre les vieux murs. Oui, c'est vraiment dommage. D'autre part, pense Pierre, ces histoires de vieux ne

1. *une escapade:* een slippertje
2. *la bigoterie:* kwezelarij, overdreven vroomheid
3. *touchant:* ontroerend
4. *surmené:* overspannen
5. *incrédule:* ongelovig
6. *glacial:* ijskoud
7. *surchauffé:* te warm gestookt
8. *en savoir plus long:* er meer van weten
9. *rester sur sa faim:* niets vernemen, niet vernemen of niet bekomen wat men wenst
10. *une intrigue se noue:* een intrige ontstaat

regardent pas un jeune homme de 17 ans. A cet âge-là on a d'autres centres d'intérêt.
Pierre se replonge dans la lecture. Il s'est découvert une nouvelle passion. Depuis quelque temps, il dévore tout ce qui concerne l'histoire des rois de France.
Avant c'était les policiers: G. Simenon, A. Christie et même A. Conan Doyle. Pierre a aussi pensé à devenir détective privé.
Les crimes, les meurtres, les assassinats, la logique implacable[11] des détectives, voilà ce qu'il aimait. Il a même fait un fichier basé sur les romans et reprenant les crimes, les motifs, les mobiles, les intrigues et les portraits psychologiques des malfaiteurs. Après un certain temps, il a abandonné. Il a constaté que les meurtriers, ceux dont on parle dans les journaux, n'étaient pas des esprits aussi raffinés que ceux d'Agatha Christie. Finalement il a trouvé mieux: l'histoire des rois de France. La petite histoire, non celle des guerres et des révolutions, mais celle des jalousies, des intrigues, des amours et des meurtres raffinés, qui se lit comme un roman policier.
Pierre entend quelqu'un marcher dans le chemin qui mène au château. Le pas ne ralentit pas quand il passe devant la maison du concierge. C'est donc un habitué qui n'hésite pas à s'avancer dans l'allée du château.
Pierre regarde par la fenêtre et voit passer monsieur Louis Bafonds, l'ami de toujours. Il a remonté le col de son pardessus et retient de la main gauche son chapeau qui risque de s'envoler sous la force du vent violent.
Ce n'est pas son heure habituelle, pense Pierre. Qu'est-ce qu'il vient faire au moment où tout dans la maison est sens dessus dessous[12] en vue de la fête de demain?

— Ah! te voilà. Ce n'est pas trop tôt.
C'est avec ces mots-là qu'Anne est accueillie par sa mère dans la cuisine énorme du château.
— Mais maman!
— C'est bien, ma fille. Tu sais que je suis toujours un peu nerveuse la veille du grand souper annuel. Je suis bien trop contente de te voir pour te gronder[13]. Qu'est-ce que tu préfères: continuer à plumer l'oie[14] ou nettoyer les couverts d'argent?

11. *implacable:* onverbiddelijk
12. *tout est sens dessus dessous:* alles staat op zijn kop
13. *gronder:* er van langs geven
14. *une oie:* een gans

Marie Forestier, la maman de Pierre et d'Anne, est assise au milieu de la pièce. Autour de ses jambes s'amassent déjà un tas de plumes de l'oie qu'elle tient de la main gauche. Il faut savoir que, conformément à la tradition, la vieille maîtresse de maison tient à ce qu'aux grandes occasions on serve de l'oie. Et demain c'est le grand souper annuel qui depuis quelques années remplace le dîner de Noël et du Nouvel An. Pour des raisons pratiques, la famille a préféré un dimanche du mois de janvier plutôt que le traditionnel réveillon[15].

— Je ferai les couverts.

C'est un travail ennuyeux mais au moins il ne faut pas prendre dans les mains cette oie flasque[16] et graisseuse[17].

— Quand je me marie, je ne veux pas de couverts d'argent, dit Anne.

— Tu n'en auras pas, ma fille. A moins que tu n'épouses un de ces vieux richards romantiques.

— Pfeuh! je me choisirai bien un grand garçon blond, aux yeux bleus, sportif et intelligent, gentil, doux, charmant, follement amoureux de moi.

— Tu as déjà quelqu'un en vue?

— Non, mais je compte bien trouver l'un ou l'autre jour le candidat idéal.

— Ce ne sera pas facile.

— Au besoin je veux bien me contenter d'un mari aux yeux bruns. Il peut même être très riche, je n'y vois pas d'inconvénient[18], mais je ne veux pas de couverts d'argent. Ce n'est pas pratique. Frotter des heures entières pour ces messieurs et ces dames qui pensent être meilleurs que les autres.

— Mais Anne!

— Et regarde cette cuisine: elle n'est pas pratique. On n'arrive même pas à la chauffer convenablement.

— C'était différent quand on se servait encore de la grande cuisinière au charbon, mais depuis qu'on l'a remplacée par un fourneau à gaz...

— Tu vois, maman, vivent les temps modernes! Chez moi la cuisine sera pratique, ni trop grande, ni trop petite. Les couverts seront en acier inoxydable et on mangera des filets de dindonneau[19] qu'il ne faudra pas plumer.

— On verra bien, ma petite.

15. *le réveillon:* feest op kerst- of oudejaarsavond
16. *flasque:* slap
17. *graisseux:* vettig
18. *un inconvénient:* een bezwaar
19. *le dindonneau:* jonge kalkoen

Anne change de sujet.

— Mais maman, comment se fait-il que Mathilde ne soit pas là?

Mathilde est la dame de compagnie et amie de la châtelaine. Toute petite et orpheline[20], elle a été recueillie par la famille Lachat. Elle a été élevée ensemble avec la maîtresse actuelle. De tout temps, elles ont été de bonnes amies et comme Mathilde ne s'est jamais mariée, tout le monde a trouvé normal qu'elle soit restée dans la maison comme dame de compagnie de la châtelaine actuelle: Eléonore Lachat.

C'est surtout les dernières années qu'elle rendait de grands services. Madame Eléonore avait pris certaines habitudes qu'on pourrait qualifier de curieuses. Depuis la mort de son mari et surtout après le départ de son quatrième fils, elle était tombée dans une sorte de bigoterie maladive. Elle avait fait aménager[21] une chapelle dans une des tours de la maison. Elle avait même demandé au curé de venir dire la messe au château, comme cela se pratiquait dans le bon vieux temps. Le prêtre avait refusé, ce qui se comprend aisément. La dame vieillissante, cependant, ne s'était pas découragée. Régulièrement, elle se retirait, de préférence le soir, dans sa chapelle privée pour y prier et méditer. Elle y passait des heures entières et voulait y rester seule. Elle avait même défendu à Mathilde de l'accompagner, de lui tenir compagnie ou de l'attendre. Et comme la petite chapelle n'était jamais chauffée, même pas au coeur de l'hiver, la prière de la dame était une véritable pénitence[22].

— Mathilde? ah oui! Elle était là tantôt, mais elle est partie sans donner de raison.

A ce moment-là, la porte s'ouvre. Mathilde entre. Elle paraît nerveuse.

— Eh bien, mademoiselle Mathilde, qu'est-ce qui se passe? Tu parais tellement nerveuse.

— J'ai vu monsieur Louis!

— Et alors? il vient quand même assez souvent?

— Oui, mais jamais la veille d'une fête. Il sait trop bien qu'à ce moment personne n'a le temps.

— Un vieil ami de la famille peut venir quand cela lui plaît.

— Oui, mais alors je me demande pourquoi il faisait des efforts pour se cacher.

— Pour se cacher?

20. *un orphelin:* een wees
21. *aménager:* inrichten
22. *une pénitence:* een penitentie, een boete

— Il marchait sur la pointe des pieds et regardait autour de lui comme s'il avait peur d'être vu.

— Il t'a vue?

— Non, enfin, je ne le crois pas.

— Tout cela ne veut rien dire. Il allait peut-être trouver Madame Eléonore.

— J'avais plutôt l'impression qu'il se rendait vers la salle à manger.

— Pour quoi faire?

— C'est ce que je me demande.

— Tu ne lui as pas dit bonjour?

— Je n'ai pas osé. Il avait l'air tellement mystérieux.

— Et alors?

— Je ne sais pas, mais j'ai le pressentiment[23] que quelque chose d'anormal va se passer.

23. *un pressentiment:* een voorgevoel

QUESTIONNAIRE 1

1. Dans quelle région de France cette histoire se passe-t-elle? Dans quel milieu?
2. Qu'est-ce qu'Anne a appris?
3. Qui est Louis?
4. En quelle saison l'histoire se passe-t-elle?
5. Quels sont les hobbies de Pierre?
6. Pourquoi Pierre est-il étonné de voir monsieur Louis?
7. Qui est Marie Forestier?
8. Comment Anne s'imagine-t-elle son futur mari?
9. Qui est Mathilde? Eléonore? Quelles sont les relations entre ces deux femmes?
10. Montrez que madame Eléonore est plutôt excentrique.
11. Pourquoi parle-t-on encore de monsieur Louis à la fin du chapitre?
12. Avez-vous déjà une idée de ce qui pourrait se passer?

2
UN EMPOISONNEMENT

— Ils vont bientôt arriver, Mathilde?
— Mais oui, Eléonore, tu sais bien que les enfants arrivent toujours à temps quand tu donnes ta soirée. Ils savent bien que leur mère les attend impatiemment. D'ailleurs ils t'aiment beaucoup trop pour te faire attendre et tu les as trop bien élevés pour qu'ils ne sachent pas que la ponctualité[1] est la politesse des rois.
— D'accord, mais on ne sait jamais ce qui peut se passer. Il fait tellement froid. Les routes sont peut-être glissantes. Un accident est si vite arrivé.
— Tu ne changeras donc jamais? Je suis sûre que tu as mal dormi la nuit dernière.
— C'et vrai. C'était comme si les enfants n'étaient pas encore mariés et que je les attende jusqu'au petit matin quand ils faisaient une sortie.
— Tu vois, tu te fais trop de soucis inutiles.
— Tout est prêt au moins?
— Je le suppose. A la cuisine, Marie met la dernière main aux plats et j'ai déjà vu Philippe qui a revêtu son habit de maître d'hôtel.
— Ce sera comme aux grands jours de la famille Lachat?
— Il n'y a pas de doute.

Eléonore avait la nostalgie de l'époque radieuse[2] de sa jeunesse et de ses premières années de mariage. La maison était remplie de domestiques. Tandis que maintenant il n'y avait plus que Philippe qui cumulait les tâches de concierge, de maître de chai[3] et, à l'occasion, de maître d'hôtel. Il était aidé par sa femme, Marie, qui comme cuisinière ne trouvait pas son égale dans toute la Champagne. Eléonore avait nourri de grands projets pour ses quatre fils. Son mari cependant, n'avait jamais partagé les ambitions de sa femme en ce qui concernait l'éducation des enfants. D'après lui, un bon vigneron[4] n'avait pas besoin de formation universitaire. Elle, au contraire,

1. *la ponctualité:* de stiptheid
2. *radieux:* stralend
3. *le maître de chai:* verantwoordelijke voor de kwaliteit van de wijn bij een wijnbouwer
4. *le vigneron:* de wijnboer

avait tout fait que ses fils étudient et accèdent à ce qu'elle considérait comme une situation supérieure. Elle les avait donc envoyés aux meilleures écoles.
A ses yeux, ils avaient tous les quatre réussi dans la vie. Cependant, elle n'ignorait pas que d'autres n'étaient pas du même avis.
— Voilà le premier qui arrive, j'entends une voiture.
— Cela doit être Mathieu, Eléonore. Ils respectent la tradition. Ils doivent arriver dans l'ordre: d'abord Mathieu, puis Marc, ensuite Luc et Jean.
La châtelaine se lève et s'approche de la fenêtre. Elle est fière de ses fils. Son rêve de jeune fille de mettre au monde quatre fils et de leur donner les noms des quatre évangélistes s'est réalisé.
Quand elle se penche sur le rebord de la fenêtre, elle murmure: ils vont être surpris. J'espère qu'ils ne m'en voudront pas.

Chaque fois que la porte s'ouvre, les flammes des bougies dans leurs candélabres d'argent vacillent[5]. La maison Lachat a toujours fait les soupers aux chandelles. C'est tellement plus intime.
Les reflets lumineux dans le cristal, dans la porcelaine et dans les couverts; le triomphe de la lumière au milieu de la table, et la demi-obscurité dans laquelle la salle à manger reste plongée, créent une ambiance romantique.
Le souper touche à sa fin. Eléonore, assise à la tête de la table, regarde sa famille. En face d'elle se trouvent ses deux petites-filles. Elles ressemblent à leur mère, la femme de Mathieu. La maîtresse de maison estime que les deux enfants n'auront jamais la distinction des Lachat, ce qu'elle regrette. Elle se rend bien compte que les petites n'attendent que la permission de quitter la table. Elles sont incorrigibles[6] et n'arrivent pas à se tenir tranquilles pendant toute la durée du repas.
Seul le gâteau a été capable de les intéresser vraiment. Dès le début du souper, elles l'attendaient. Elles ont même applaudi quand Philippe est entré dans le halo[7] d'une lueur bleue, portant solennellement le gâteau flambé à l'alcool. Il faut dire que c'est toujours une réussite. C'est d'ailleurs une tradition: on termine un souper par un gâteau flambé. On pourrait même y voir un hommage[8] au dieu de la lumière, symbole de la vie, et... à la gastronomie.

5. *vaciller:* flakkeren
6. *incorrigible:* onverbeterlijk
7. *un halo:* een lichtkring
8. *un hommage:* een eerbewijs

Les deux enfants réalisent tout à coup que leur grand-mère les regarde. Elles arrêtent leur bavardage. Eléonore leur fait un petit signe de la main que les fillettes interprètent mal. Il est déjà trop tard pour les retenir. Elles se lèvent d'un bond et quittent la pièce comme un éclair. Elles iront rôder dans la vaste maison et comme toujours on les retrouvera dans la petite chapelle en train de jouer avec les chandelles.

Eléonore se tourne vers la droite où se trouve l'ami de toujours, monsieur Louis Bafonds. Ils échangent un regard significatif.

— Je crois que c'est le moment, dit-elle.

Le couteau touche légèrement le verre de cristal qui réagit en faisant entendre un ton pur, léger et quand même impératif. Eléonore se lève. Les convives[9], étonnés, la regardent. Il n'entre pas dans les habitudes de la mère de faire des discours. Mais cette fois-ci cela en a tout l'air.

— Mes enfants, chère Mathilde, dit-elle, je dois vous annoncer une grande nouvelle. Tout d'abord ne soyez pas étonnés que je semble oublier Louis. Il est au courant de ce que je vais vous raconter.

Louis lève un instant la tête, fait un signe affirmatif mais n'intervient pas.

— Vous savez, mes chers, que depuis la mort de votre père j'ai fait de mon mieux pour continuer la tâche qu'il s'était donnée, c'est-à-dire faire prospérer la maison Lachat. Dans cette tâche, j'ai été aidée depuis le début par notre ami Louis. Il était toujours là aux moments les plus difficiles. Et, c'est grâce à lui que le monde extérieur n'a jamais rien appris des difficultés que nous avons traversées et qui sont probablement restées cachées pour la plupart d'entre vous. Comme il était un ami intime de papa et qu'il fréquentait la maison depuis des années, cela m'a paru tout naturel.

9. *les convives (m.pl.):* de disgenoten

Tellement naturel que le contraire m'aurait bien surprise. J'avoue maintenant que j'ai eu tort[10] de ne pas estimer assez tout ce qu'il a fait pour moi et donc aussi pour vous tous.
J'ai porté le deuil de mon mari pendant des années. Je suis persuadée que mon mari défunt[11] ne m'en voudra pas si, pour les dernières années qui me restent, je cherche un peu de chaleur humaine aux côtés de notre cher Louis. C'est pourquoi nous avons décidé de nous marier.
Eléonore se tait. La surprise est totale. Il faut quelques instants avant que les convives réagissent.
C'est Jeanne, la femme de Mathieu, qui se lève la première pour venir embrasser et féliciter sa belle-mère et son nouveau beau-père.
Bientôt un brouhaha remplit la pièce. Tout le monde se dérange pour suivre l'exemple de leur belle-soeur.
— Un instant, mes enfants! Comme la tradition le veut, j'ai fait préparer le champagne rosé pour célébrer cet événement.
Philippe, notre maître d'hôtel et sommelier[12], apportez-nous à boire: du champagne rosé et du meilleur!
Philippe prend la bouteille dans le seau rempli de glaçons. De la main gauche il la tient enveloppée dans une serviette blanche. De la main droite il enlève d'abord les fils de fer. Le bouchon commence à sortir du goulot[13] mais il est retenu par la main experte du sommelier. Le vigneron champenois ne fait pas sauter les bouchons. Ce serait mauvais pour la qualité de la boisson qui mousserait moins dans les verres.
Chacun tient maintenant sa flûte[14] à la main. On boit à la santé du couple rayonnant[15].
— C'est pour quand, le mariage, maman, demande Jean, ou est-ce que c'est déjà chose faite?
— Pour le mois prochain. Tout a été réglé avec le notaire, le curé et la commune, répond Louis. Il va de soi que vous êtes tous invités. Cependant il n'y aura qu'une cérémonie toute simple. Il n'est plus de notre âge d'organiser des noces[16] extravagantes. J'espère d'ailleurs que...
Plus personne n'écoute Louis. Mathilde a poussé un cri. Sa main lâche le verre de champagne. Elle chancelle[17], se raidit[18], semble s'agenouiller, essaie

10. *avoir tort:* ongelijk hebben
11. *défunt:* overleden
12. *le sommelier:* de wijnkelner
13. *le goulot:* de hals van een fles
14. *une flûte:* een hoog champagneglas
15. *rayonnant:* stralend
16. *les noces (f. pl.):* het trouwfeest
17. *chanceler:* wankelen
18. *se raidir:* verstijven

de se relever, s'écroule[19] de nouveau et s'étend de tout son long par terre. Son corps est soulevé par des spasmes violents. Ses yeux s'écarquillent[20] et de sa bouche crispée[21] coule de la salive[22] écumeuse[23].

— Mathilde!

Eléonore se précipite vers son amie.

— Mathilde! Qu'est-ce que tu as? Dis quelque chose!

La femme étendue par terre se calme. Ses yeux reprennent vie. Sa bouche se décontracte. Elle essaie de se redresser mais n'y parvient qu'à moitié, soutenue par Eléonore. Un instant après elle vomit[24] sur le parquet.

Luc, le troisième fils, pharmacien de profession se trouve maintenant à côté de sa mère.

— Laisse-la vomir. Cela lui fera du bien.

Eléonore soutient toujours la femme malheureuse.

Quelqu'un a la présence d'esprit d'apporter une terrine[25] vide et de la placer devant la malade qui continue à vomir.

Mathilde semble moins souffrir maintenant.

— Excusez-moi, murmure-t-elle. Je ne sais pas ce qui s'est passé. Cela ne m'est jamais arrivé. J'ai honte.

— Ça va mieux, Mathilde? demande-t-on de tous les côtés.

— Oui.

— Il vaudrait mieux que tu ailles te reposer, dit Eléonore. Je vais te conduire à ta chambre. On va appeler le médecin.

— Ce ne sera plus nécessaire. Je me sens mieux. Seulement un peu fatiguée. Veuillez m'excuser.

Elle a repris suffisamment de forces pour faire les quelques pas qui la séparent de la porte. Eléonore la tient toujours par le bras. Marie, qui a accouru au bruit ouvre la porte et les trois femmes disparaissent dans le hall.

— Il vaudrait quand même mieux appeler le médecin, estime Jeanne.

— Je ne suis pas de ton avis, à moins que tu veuilles t'attirer des difficultés, dit Luc.

Jean intervient à son tour.

19. *s'écrouler:* in mekaar zakken
20. *s'écarquiller:* wijd open sperren
21. *crispé:* samengetrokken, vertrokken
22. *la salive:* het speeksel
23. *écumeux:* schuimend
24. *vomir:* braken
25. *une terrine:* een kom

— Je n'ai jamais vu une personne aussi malade que Mathilde. Elle allait mieux en sortant, c'est vrai, mais le malaise pourrait la frapper de nouveau. Je vais donc de ce pas appeler le docteur.
— Attends un instant, Jean.
— Mais, Luc, tu ne veux donc pas que je téléphone?
— Je veux bien, mais je crains que le médecin...
— Qu'est-ce que tu crains?
— Que le médecin parle d'empoisonnement[26].
— Comment! Qui voudrait empoisonner notre chère Mathilde?
— Voilà précisément la question que le médecin se posera aussi. Il croira donc de son devoir de signaler...
— Tu veux dire: de le signaler à la police.
— Tu pourras tirer la conclusion toi-même.
— Quelle conclusion?
— Qu'il y aura une enquête[27] et dans ce cas nous serons tous impliqués dans l'affaire.
— Tu crois donc vraiment que quelqu'un de nous...
— Je ne crois rien du tout. Je dis seulement qu'il vaut mieux ne rien faire.
— Et si elle meurt?
C'est Louis qui jusqu'à ce moment s'était tenu à l'écart, qui prononce ces paroles.
— Elle ne va pas mourir.
— Qu'est-ce que tu en sais?
— Comme pharmacien je pense pouvoir affirmer que Mathilde a absorbé un poison violent. Elle a cependant eu la chance de pouvoir vomir immédiatement. Et puis, d'après ce que j'ai vu par terre et dans cette terrine, il ne doit pas rester grand-chose dans son estomac. Nous pouvons donc supposer que le produit toxique n'a pas eu le temps d'entrer dans le sang. Il n'y aura, par conséquent, pas de véritable intoxication. En un mot, je pense sincèrement que le danger est passé.
— Et si au cours de la nuit le malaise s'aggrave?
— Peu probable. Elle n'aurait pas pu marcher jusqu'à la porte si la dose absorbée avait été trop grande. D'ailleurs on va la surveiller. On demandera à Marie de veiller auprès d'elle. Et moi-même j'irai la voir et prendre sa pression artérielle[28] dans une demi-heure.

26. *un empoisonnement:* een vergiftiging
27. *une enquête:* een onderzoek
28. *la pression artérielle:* de bloeddruk

— Donc, pas de médecin?
— Pas pour le moment en tout cas. Si son état s'aggrave, on pourra toujours changer d'avis. J'espère que tout le monde est bien d'accord maintenant: pas de médecin, pas de police, pas d'interrogatoire, pas d'enquête.
Seul Louis veut encore faire une dernière objection[29] quand Eléonore rentre dans la salle à manger.
— Elle semble avoir recouvré[30] ses forces, dit-elle.
J'ai même dû insister pour qu'elle garde le lit. En tout cas, j'ai laissé Marie auprès d'elle pour la veiller.
— Vous voyez bien, mes chers, j'avais raison, enchaîne Luc. Ce qui ne m'empêchera pas de prélever des échantillons[31] de tout ce qui se trouve ici sur la table et par terre. Je les analyserai dans mon laboratoire et je vous tiendrai au courant.

Il est allé chercher un journal et commence à faire de petits paquets. Il prend bien soin de ne pas oublier les débris[32] du verre de Mathilde.
— Voilà une fin tragique pour une fête de fiançailles, opine Marc.
— Un accident dramatique.
— Mathilde s'est certainement trompée en prenant l'un ou l'autre médicament.
— C'est ce qu'on verra plus tard, ajoute Mathieu.
Espérons que tout s'arrangera. Maintenant il vaut mieux retourner à la maison. Je m'imagine que plus personne n'a envie de continuer la fête. Sur ces mots il s'éloigne et part à la recherche de ses deux filles qui errent quelque part dans la grande maison.
Les autres n'osent pas suivre immédiatement l'exemple de leur frère aîné. Ils sont gênés. Ils désirent tous rentrer chez eux, mais d'autre part ils se sentent obligés de tenir compagnie à leur mère.
Ils se mettent à tourner dans la pièce, commencent à débarrasser la table. C'est Eléonore qui finalement prend une décision pour tous.
— Ce qui s'est passé n'est probablement qu'un accident malencontreux[33]. Vous allez donc tous rentrer chez vous, comme prévu.
— Tu ne vas pas avoir peur, maman? Si tu veux...

29. *une objection:* een bezwaar
30. *recouvrer ses forces:* weer op krachten komen
31. *un échantillon:* een staal, een monster
32. *les débris:* de scherven
33. *malencontreux:* ongelegen, vervelend

— Non, d'ailleurs je ne suis pas seule. J'ai toujours Philippe, Marie et leurs enfants. Je ne vois pas pourquoi je m'inquiéterais.
— Eléonore, dit Louis, je ne ferais pas mieux de rester avec toi?
— Mais non, mon chéri, ne donnons pas le mauvais exemple.
— On ne va quand même pas te laisser avec tout ce ...
— Oui, on va d'abord mettre un peu d'ordre, nettoyer, faire la vaisselle.

Quand une demi-heure plus tard Eléonore se trouve seule dans la salle à manger, tout a retrouvé sa place habituelle. Les chaises sont bien rangées autour de la table de chêne couverte d'une nappe brodée. Le parquet a été nettoyé.
La maîtresse de maison s'est montrée forte. Elle se sent exténuée[34] mais malgré la fatigue, elle ne veut pas encore céder au sommeil. Elle s'habille de son manteau de fourrure et se rend à la chapelle aménagée dans une des tours du château. Même le froid glacial qui y règne en hiver ne peut pas freiner Eléonore dans sa passion religieuse, sa bigoterie excentrique. Elle y passe des heures en prière à la lueur vacillante de quelques chandelles. Comme elle a horreur de tout ce qui lui paraît moderne, elle s'est toujours opposée à installer l'électricité ou le chauffage dans la vieille tour du château.

34. *exténué:* uitgeput

QUESTIONNAIRE 2

1. Quelles sont les fonctions de Philippe?
2. Madame Eléonore n'avait pas les mêmes conceptions que son mari concernant l'éducation de leurs enfants. Expliquez.
3. Madame Eléonore a donné à ses fils les noms des quatre évangélistes. Est-ce que ce détail correspond au portrait que vous vous êtes déjà fait d'elle?
4. Est-ce que les petites-filles aiment les soupers?
5. Quelle est la nouvelle annoncée par madame Eléonore?
6. Quel événement vient troubler la fête?
7. Pourquoi Luc ne veut-il pas appeler le médecin?
8. Qu'est-ce qu'il fera quand même?
9. Est-ce que d'après vous quelqu'un a voulu tuer Mathilde?

3
UN MEURTRE ...

A la longue Marie s'est assoupie[1] dans le fauteuil à côté du lit de Mathilde. Comme la malade n'a plus eu besoin d'elle de toute la nuit, Marie aussi a dormi jusqu'au petit matin. Une douleur poignante[2] dans la nuque la réveille. Elle se rend compte que le fauteuil-relax ne vaut pas un bon lit; elle ne s'étonne pas de se réveiller souffrant d'un torticolis[3] et ayant les jambes lourdes, tout engourdies[4].

Il est encore tôt. Le silence de la nuit d'hiver n'a pas encore cédé la place aux bruits clairs et distincts du matin. La lune éclaire la chambre et darde[5] un rayon sur le visage de Mathilde.

Celle-ci ne semble plus souffrir et dort comme un loir[6]. Sa respiration est très régulière. En expirant elle produit un petit sifflement, le seul bruit audible[7] dans toute la maison à cette heure matinale.

Marie se lève. Sa présence au chevet[8] n'est plus nécessaire. Elle décide de descendre à la cuisine. Elle n'attendra pas Anne qui a promis de venir l'aider.

Sept heures et demie. Marie met la table pour le petit déjeuner. En terminant cette besogne, elle place les deux pilules, une jaune et une rouge, près de la tasse de madame Eléonore.

Depuis quelque temps la châtelaine doit prendre des médicaments. Ce qui n'est pas étonnant, vu son âge. Elle a toujours été bien portante mais l'hiver passé elle a eu ce que le médecin appelait: un avertissement. Rien de très grave mais un coeur qui a failli flancher[9] un moment doit être soigné, avait dit le vieux docteur. Il avait d'ailleurs ajouté: un contrôle régulier, pas d'excès, une vie ordonnée et madame fêtera ses cent ans en pleine forme.

Marie s'étonne qu'Eléonore ne soit pas encore là. Celle qui vit avec la régularité d'un métronome est en retard. Peut-être que les événements de la veille l'ont quand même trop fatiguée.

1. *s'assoupir:* insluimeren
2. *poignant:* stekend
3. *un torticolis:* een stijve nek
4. *engourdi:* stijf, verstijfd, stram
5. *darder un rayon:* een straal werpen
6. *dormir comme un loir:* vast slapen
7. *audible:* hoorbaar
8. *le chevet:* het hoofdeinde van het bed
9. *flancher:* bezwijken

Il y a un bruit dans l'escalier. Quelqu'un descend. La porte de la salle à manger s'ouvre. Ce n'est pas Eléonore mais Mathilde qui entre.
— Bonjour Mathilde.
— Bonjour Marie.
Il y a une petite pause. Marie scrute[10] attentivement le visage de celle qui vient d'entrer.
— Pourquoi tu me regardes comme ça? Je ne suis quand même pas un fantôme.
— Tu sais, hier ...enfin tu n'avais pas bonne mine et je me demandais si tu allais mieux maintenant.
— J'ai encore honte de ce qui s'est passé. Vraiment je ne comprends pas. Il ne m'est jamais arrivé de me laisser aller comme cela. Mais pour répondre à ta question: je me sens en parfaite santé. J'ai même faim.
— Je suis bien contente d'entendre cela.
— Je n'étais pas fière hier soir.
— Ne t'en fais pas, cela peut arriver à tout le monde. L'essentiel est que tu sois guérie.
— Je ne comprends quand même toujours pas comment...
— N'en parlons plus. Tout est bien qui finit bien.
— Eléonore n'est pas encore levée?
— Je ne l'ai pas encore vue.
— C'est curieux.
— En effet, elle ne va pas tarder sans doute. Le café est prêt. Si tu veux, je peux te servir.
— Tu prendras bien une tasse avec moi?
— Volontiers.

La maison se réveille. La lumière envahit la pièce. Au loin on entend les autos sur la route, l'aboiement d'un chien, le battement d'une porte, des pas qui s'approchent.
— Bonjour madame Mathilde, bonjour maman.
— Bonjour les jeunes.
— Nous voici, on vient donner un coup de main, dit Anne.
— Si au moins il reste quelque chose à faire, ajoute Pierre.
Mathilde se lève.

10. *scruter:* aandachtig bekijken

— Je ferais peut-être bien d'aller voir où reste Eléonore, dit-elle. Je commence à m'inquiéter un peu.
Elle s'éloigne. On l'entend monter l'escalier qui craque.

Les minutes passent. Marie, Anne et Pierre se sont rendus à la cuisine.
— Comment s'appellent encore ces grands oiseaux noirs que tu vois là, demande Pierre.
Anne regarde à son tour par la fenêtre.
— Des corneilles[11].
— Je ne les aime pas, elles me font penser à la mort.
A ce moment-là, un cri déchirant[12] fait courir un frisson[13] dans le dos des trois personnes qui se trouvent dans la cuisine.

Marie, suivie de ses deux enfants, s'est précipitée vers l'endroit où elle a cru entendre le cri déchirant.
— Assieds-toi, Mathilde. Il n'est peut-être pas encore trop tard.
Mathilde est adossée au chambranle[14] de la porte de la chapelle. Pierre lui apporte une chaise. Elle s'assied lentement et enfonce la tête dans les mains. Des sanglots secouent[15] son corps maigre. Au milieu de la chapelle, Eléonore s'est écroulée. Elle ne bouge plus. Elle est ramassée sur elle-même, les genoux contre le ventre, la tête baissée, les mains crispées sur la poitrine. Anne s'approche de la pauvre femme. Elle s'agenouille, tend la main et touche le visage de la victime.
Le front est glacé. Deux yeux mats, écarquillés, sont braqués[16] sur la jeune fille.
— Cette fois-ci il faudra bien appeler le médecin, déclare-t-elle. Seulement je crains fort qu'il ne soit déjà trop tard.
Pierre qui d'abord n'a pas osé entrer, rejoint maintenant sa soeur.
— Tu crois qu'on pourra encore la sauver, maman?
Marie aussi a quitté Mathilde et examine de plus près la femme couchée par terre.
— Le médecin doit venir en tout cas. Ne fût-ce que pour constater la mort, mes enfants.

11. *une corneille:* een kraai
12. *déchirant:* hartverscheurend
13. *un frisson:* een rilling
14. *le chambranle:* de lijst van een deur
15. *secouer:* doen schudden
16. *braquer sur:* richten op
17. *ne fût-ce:* al was het maar

Mathilde commence à se lamenter.
— Ce n'est pas possible! Elle ne peut pas être morte! Il faut la sauver!
— Je vais téléphoner au médecin, annonce Pierre. Il quitte les femmes et se dirige vers le hall d'entrée où se trouve le téléphone.
— On pourrait essayer de la transporter dans sa chambre, propose Anne.
— Je ne pourrai jamais faire cela, dit Mathilde.
— Il n'y a plus rien qui presse. Attendons le docteur, décide Marie.

— Qu'est-ce qu'il a dit, maman?
— Crise cardiaque[18], Pierre. Elle devait surveiller son coeur depuis un certain temps.
— Oui, je me souviens que l'année passée vers cette époque elle a également fait une petite crise.
— Oui, mais cette fois-ci c'est fatal. D'après le docteur, elle est morte depuis plusieurs heures. Il a demandé aussi si ces derniers temps madame Eléonore ne s'était pas plainte de sa santé.
— Et c'était le cas?
— D'après Mathilde elle avait de temps en temps un petit malaise passager, surtout le matin. Et si je réfléchis bien, en effet, elle paraissait parfois assez distraite au petit déjeuner. Elle a dû s'inquiéter et souffrir en silence.
— Tu as parlé au médecin de ce qui s'est passé hier soir?
— Tu veux dire Mathilde?
— Oui, c'est ça. Il n'y aurait pas de rapport entre la maladie de madame Mathilde et la mort de madame Eléonore? J'ai cru entendre parler de poison par monsieur Luc.
— Ne dis pas cela!
— Mais tu as dû l'entendre toi-même.
— Oui, mais il a certainement exagéré. Comme il est pharmacien, il voit partout du...
— Poison?
— Non, disons un abus de médicaments. D'ailleurs j'ai veillé Mathilde. Elle n'a plus rien eu de toute la nuit. A mon avis elle a simplement avalé de travers[19] et après elle s'est laissé aller.
— Supposons quand même que quelqu'un ait voulu empoisonner et

18. *une crise cardiaque:* een hartaanval   19. *avaler de travers:* zich verslikken

madame Mathilde et madame Eléonore. L'assassin a échoué dans le premier cas. Dans le deuxième il a réussi.
— Tu lis trop de romans policiers. Il ne faut pas voir des assassins dans chaque famille.
— Peut-être. Et pourtant...
— Allons, Pierre, supposons que tu aies raison. Comment expliques-tu alors que madame Mathilde ait réagi sur-le-champ et que madame Eléonore n'ait rien éprouvé immédiatement après le souper et qu'elle soit morte quelques heures plus tard?
— Il est toujours possible qu'elle aussi ait été indisposée[20] mais qu'elle n'ait rien dit. C'était une femme forte qui ne montrait pas facilement ce qu'elle ressentait. Je la crois bien capable de souffrir en silence.
— Personne n'a rien remarqué de ce genre à ce que je sache[21].
— Ce n'est pas étonnant. Tout le monde se faisait des soucis pour Mathilde.
— Laissons tomber, veux-tu? Toutes ces suppositions ne mènent à rien. Ce n'est pas parce qu'une femme d'un certain âge meurt d'une crise cardiaque, - et c'est le docteur qui l'a dit -, et que son amie éprouve un malaise après un souper un peu chargé, qu'il faut crier à l'assassinat.
— D'accord. Pourtant,...
— Oui, mon Sherlock Holmes, tu peux ouvrir une enquête, si tu veux. Moi, j'ai d'autres soucis plus terre à terre pour le moment.
Sur ces mots Marie tourne le dos à son fils et se remet au travail.

20. *indisposé:* ongesteld

21. *à ce que je sache:* voor zover ik weet

QUESTIONNAIRE 3

1. Comment Marie a-t-elle passé la nuit?
2. Est-ce qu'il était nécessaire de veiller madame Mathilde?
3. Qu'apprend-on sur l'état de santé de madame Eléonore?
4. Pourquoi Pierre pressent-il un malheur?
5. Décrivez la position du corps de madame Eléonore.
6. Quelle est la réaction de Mathilde?
7. Pierre n'est pas d'accord avec le diagnostic du médecin. Pourquoi?
8. Pensez-vous que madame Eléonore ait été assassinée? Justifiez votre réponse.

4
... OU UN SUICIDE

Est-il vrai que notre mère ait fait faire un nouveau testament?
— Oui, Jean, cela t'étonne? répond Marc.
Les quatre frères et leurs épouses se sont réunis dans le salon bleu. Dans le hall les employés des pompes funèbres[1] installent la chapelle ardente[2]. L'enterrement est prévu pour le lendemain.
— Tu crois que cette dernière volonté pourrait nuire à nos intérêts? reprend Jean.
— A quoi penses-tu?
— Vous le savez aussi bien que moi, vous autres. Il y a dans cette maison des personnes qui ne sont pas de la famille mais qui seraient bien contentes de nous voler notre part de l'héritage.
— Tu n'as pas honte, Jean, de parler de la sorte quand le corps de maman se trouve encore dans cette maison? lui reproche Rachel, la femme de Luc.
— Où est la différence, intervient Mathieu, il faudra en tout cas aborder ce sujet tôt ou tard.
Il baisse la voix et continue.
— C'est peut-être le seul moment où nous pourrons parler librement. Ils ne sont pas là pour le moment.
— Qui entendez-vous par «ils»? demande Luc.
— Louis et Mathilde, mon cher.
— Tu crois vraiment que notre mère nous a déshérités[3] pour léguer[4] tout à ces deux-là?
— Impossible! La loi ne le permet pas. On ne peut pas déshériter ses propres enfants, dit Marc.
— Tu as probablement raison, mais il y a souvent des moyens pour contourner[5] la loi.
— Par exemple?

1. *les pompes funèbres (f. pl.):* de begrafenisonderneming
2. *la chapelle ardente:* de rouwkapel
3. *déshériter:* onterven
4. *léguer:* nalaten
5. *contourner la loi:* de wet omzeilen

— Je n'en sais pas grand-chose. Je sais seulement que si je voulais le faire, j'irais trouver un bon notaire ou un avocat en qui j'aurais confiance.
— On peut aussi faire des donations[6] de son vivant.
— Tu crois que maman a fait cela?
— Il y a peut-être aussi un nouveau contrat de mariage.
— Louis n'était pas encore le mari de maman.
— Mais enfin, reprend encore une fois Rachel, arrêtez. D'ailleurs je crois que quelqu'un arrive.

On frappe légèrement à la porte. Louis Bafonds entre.
— J'ai cru de mon devoir, commence-t-il, de passer ces heures difficiles avec vous.
Il regarde les autres et continue.
— Ce n'est pas que je veuille vous déranger.
— Vous avez bien fait, monsieur Louis, dit Jeanne. Vous aussi vous devez souffrir.
— Vous comprenez, n'est-ce pas? J'aurais tellement aimé vous rencontrer dans d'autres circonstances.
— Nous aussi, bien sûr, cela se comprend, dit Mathieu. Votre place est parmi nous.

— Qu'est-ce que je vais devenir?
Mathilde est venue rejoindre Marie dans la cuisine.
Elle boit à petites gorgées[7] sa tasse de café et soupire.
— Mais tu resteras au château.
— Et si on le vend?
— Tu crois que madame Eléonore te laissera tomber comme cela? Tu dois savoir mieux que nous ce qui est stipulé[8] dans son testament.
— Eléonore a voulu me parler de son testament.
— Alors, tu es au courant?
— Non, j'ai toujours refusé de l'écouter. Qui aurait cru qu'elle nous quitterait si tôt.
— En effet, personne ne s'y attendait.

6. *une donation:* een schenking
7. *à petites gorgées:* met kleine teugjes
8. *stipuler:* bepalen

— Elle était si bien ces derniers temps.
— Il ne faut pas oublier quand même que son coeur était faible.
— Oui, mais il y a un tas de gens au coeur faible qui vivent vieux.
— C'est vrai, tout comme il y a des jeunes qui meurent trop tôt sans raison apparente.
— Dis que ce n'est qu'un mauvais rêve, Marie. Dis que ce n'est pas vrai!
— C'est vrai, Mathilde, malheureusement. Je comprends que tu souffres: madame Eléonore était comme une soeur pour toi.
— Je ne pourrai jamais l'oublier.
— Il ne faut pas l'oublier. Au contraire, il faut souvent penser aux moments heureux que vous avez vécus ensemble. Tu verras, cela t'aidera et tu trouveras une autre raison de vivre.

— Ils ne semblent pas fort regretter leur mère.
— Ah non? comment tu le sais?
— Je l'ai entendu de mes propres oreilles, Pierre.
— Quand cela?
— Tout à l'heure, avant l'arrivée de monsieur Louis.
Je passais devant le salon bleu et malgré moi j'ai entendu une partie de la conversation.
— Malgré toi? Dis plutôt que tu as écouté à la porte.
— Mais non. On ne peut quand même pas se boucher les oreilles quand on passe devant un salon où les gens discutent à haute voix.
— Tu as probablement raison. Il faut dire d'ailleurs que les effusions[9] de tendresse[10] ont toujours été rares dans cette famille.
— C'est vrai. Pour le monde extérieur l'entente[11] est parfaite, mais un observateur plus attentif ne tarderait pas à trouver des failles[12] dans les relations familiales.
— Comme tu dis bien les choses, Anne. Tu ne pourrais pas me préciser aussi un peu ta pensée?
— Prenons d'abord l'attitude de la mère envers ses fils.
— J'avoue que je ne vois pas très bien ce que tu veux dire.
— Mais c'est toi-même qui as dit que les effusions de tendresse sont rares dans cette famille.

9. *les effusions (f.):* de ontboezemingen
10. *la tendresse:* de tederheid
11. *l'entente (f.):* de verstandhouding
12. *une faille:* een barst, een zwak punt

— Oui, mais je peux difficilement m'imaginer une mère de 65 ans cajolant[13] ses fils adultes.
— Qui parle de cajoleries[14]? Il ne s'agit pas de cela.
— De quoi alors?
— D'un peu de chaleur humaine. Je suis d'avis qu'il y avait bien de la politesse entre la mère et ses fils, mais qu'il n'était pas question d'amour maternel.
— Tu ne trouves pas que tu y vas un peu fort?
— Dans ce domaine l'intuition féminine ne se trompe pas.
— Je ne dis pas le contraire, mais je préférerais avoir des éléments plus tangibles[15] pour étayer[16] une thèse.
— Ils ne manquent certainement pas. Réponds-moi à la question suivante: quand est-ce que les fils venaient voir leur mère?
— Pas souvent en tout cas.
— Je vais te le dire. Ils venaient quand ils étaient invités, ce qui arrivait une fois par an. En outre, il y avait les jours qu'ils devaient voir leur mère pour ce qu'on pourrait appeler «des affaires». Jamais ils ne mettaient les pieds ici pour bavarder un peu ou pour s'informer de la santé de leur maman.
— Et parce que les fils ne venaient pas souvent, tu conclus que la mère n'aimait pas ses enfants. Je dirais plutôt que ce sont les fils qui manquaient d'amour envers leur maman.
— Souviens-toi: l'enfant ne peut pas rendre l'amour qu'il n'a pas d'abord reçu.
— Il ne s'agit pas d'enfants. Il s'agit de personnes qui sont adultes depuis de nombreuses années.
— Où est la différence? L'amour s'apprend quand on est tout petit.
— Cela me paraît plutôt un sujet pour le courrier du coeur dans l'un ou l'autre magazine. Continue quand même. Tu peux peut-être aussi expliquer pourquoi la mère n'aimait pas ses fils.
— Elle ne les aimait pas parce qu'elle ne les avait pas désirés.
— Tu me fais rire maintenant. Je ne vois pas madame Eléonore avoir un «accident» de ce genre. Et encore quatre fois!
— Là tu as raison. Moi aussi je crois qu'elle a toujours observé scrupuleusement les lois de la morale et que, en outre, elle avait le sens du devoir très développé.

13. *cajoler:* liefkozen
14. *une cajolerie:* een liefkozing
15. *tangible:* tastbaar
16. *étayer une thèse:* een thesis staven

— On dirait que tu l'as connue dès sa jeunesse.
— Si tu commences à te moquer de moi, je préfère changer de sujet.
— Mais non, Anne, ne le prends pas comme ça. Explique-toi, je suis tout oreilles.
— Comment tu t'imagines madame Eléonore, jeune, disons à dix-huit ans environ?
— C'est difficile à dire. Je ne pourrais la voir que comme je l'ai toujours connue: bigote, très sérieuse, d'un aspect sévère.
— Eh bien, moi aussi je me l'imagine comme cela.
— Dans ce cas, Anne, je ne vois pas pourquoi elle n'est pas entrée au couvent plutôt que de se marier et de mettre quatre fils au monde.
— Nous y sommes. Je me suis posé la même question.
— Et tu as trouvé la réponse?
— Oui. Elle s'est mariée parce qu'elle avait également le sens du devoir très développé.
— Et d'après toi, elle croyait de son devoir de se marier?
— C'est cela. Eléonore était fille unique. Si elle ne s'était pas mariée, il n'y aurait eu personne pour continuer la maison Lachat. Elle a donc épousé le candidat, - probablement choisi par les parents -, et a mis au monde quatre fils.
— Et tout cela poussée par le sens du devoir et non par l'amour? Tu ne serais pas un peu trop sévère pour la défunte? D'ailleurs, souviens-toi que la femme que tu présentes comme un être sans coeur et sans passion, songeait à se remarier.
— Elle est morte avant.
— Cela ne change rien à ses intentions.
— Mais au contraire, cela change tout. C'est un argument en faveur du portrait que je viens de te brosser.
— Je ne vois pas.
— Mais si! Eléonore vieille et déchirée entre divers sentiments n'a pas eu la force de surmonter le dilemme qui se posait et elle y a succombé[17].
— Quel dilemme?
— Tu ne comprends toujours pas? D'une part il y a Louis qui depuis des années se trouvait à ses côtés et qui peut-être l'aimait follement sans se prononcer. Eléonore en était certainement consciente. Petit à petit elle a

17. *succomber:* bezwijken

cédé à la douce pression exercée sur elle. A un moment donné, elle a pris la décision de l'épouser.
D'autre part il y avait sa folie religieuse: ces heures de prière dans une chapelle obscure et froide. Tout cela devait nécessairement mener à un conflit.
— Et elle en serait morte?
— Oui.
— Comme ça, d'une mort naturelle?
— C'est possible. Le conflit a été trop fort pour son coeur affaibli.
— Y-a-t-il encore d'autres possibilités?
— Certainement.
— Lesquelles?
— Elle est devenue vraiment folle.
— Je vois, tu reviens à l'ancienne hypothèse: madame Eléonore était folle.
— Quand elle s'est donné la mort, oui, mais pas avant.
— Donc: il s'agirait d'un suicide[18]? Cela commence drôlement à ressembler à une histoire du moyen âge. Une vieille femme se donne la mort parce que la passion charnelle[19] s'est réveillée en elle et l'empêche de se consacrer tout à fait à sa passion de bigote.
— Si tu présentes les choses ainsi, cela paraît un peu simpliste mais en tenant compte d'autres éléments, la thèse me semble plausible[20].
— D'autres éléments?
— Rappelle-toi ce qu'on a dit plus tôt. Eléonore, jeune, se marie pressée par le sens du devoir. Sa folie religieuse en souffre. Cependant, la femme a de bonnes raisons et elle arrive à surmonter le dilemme. Vieille, elle ne peut plus invoquer[21] les mêmes excuses pour justifier ce qu'elle considère comme une faiblesse. Il est possible aussi qu'elle commence à voir son mariage comme un péché. Elle ne voit plus qu'une solution: la mort.
— Permets-moi de jouer l'avocat du diable.
Tout d'abord le malaise de Mathilde ressemblait plus à un empoisonnement que la mort d'Eléonore.
Je penserais donc plutôt à une tentative[22] de suicide de la part de Mathilde et à une mort naturelle pour Eléonore.

18. *un suicide:* een zelfmoord
19. *charnel:* zinnelijk
20. *plausible:* geloofwaardig, aannemelijk
21. *invoquer:* aanvoeren, zich beroepen op
22. *une tentative:* een poging

Deuxièmement, Eléonore souffrait du coeur et le médecin a parlé de crise cardiaque.
Troisièmement, tu n'aurais probablement jamais pensé au suicide si Mathilde n'avait pas été indisposée.
— Je ne dis pas que tu aies tort. Pour le moment rien n'est prouvé.

QUESTIONNAIRE 4

1. Quelle est l'inquiétude de Jean concernant le nouveau testament?
2. Est-ce que la mère peut déshériter ses enfants?
3. Décrivez l'état d'esprit de monsieur Louis; de Mme Mathilde.
4. Que pense Anne des relations entre la mère et ses fils?
5. Quels sont les arguments d'Anne pour étayer sa thèse sur le premier mariage d'Eléonore?
6. Quelle est l'objection de Pierre?
7. Comment Anne explique-t-elle le deuxième mariage?
8. Quelle serait la cause de la mort de Mme Eléonore, d'après Anne?
9. Quelles sont les objections de Pierre?
10. Quelle est votre idée?

5
QUI SERA LA PROCHAINE VICTIME?

In paradisum deducant te angeli...

Le service funèbre[1] est terminé. Quatre hommes habillés de noir s'approchent à pas lents du catafalque[2]. Ils prennent le cercueil sur les épaules. Ils font demi-tour et lentement ils marchent vers la sortie de l'église. On entend la porte grincer[3] dans ses gonds[4] quand le sacristain[5] ouvre les deux battants[6]. Le froid s'engouffre dans l'église mal chauffée.

Il n'est pas étonnant, pense Pierre, que madame Eléonore soit morte dans sa chapelle glaciale. Il faudrait être costaud pour ne pas geler par une température pareille.

Pierre observe le cortège qui se forme.

D'abord les hommes. Ils ont discuté pour savoir qui mènerait le deuil[7]: le fils aîné Mathieu ou le fiancé malheureux Louis.

Finalement on a opté pour Louis, vu son âge. Pierre remarque que, en fait, Louis et Mathieu marchent côte à côte. Louis semble tellement souffrir qu'il doit être soutenu par Mathieu.

Les visages des quatre fils sont impassibles[8].

Est-ce qu'Anne aurait quand même bien compris la relation entre la mère et ses enfants?

Ces hommes, seraient-ils insensibles à la mort de leur mère? Il ne serait pas stupide de vérifier un peu qui profite le plus de la mort de la vieille dame.

Les femmes semblent plus affligées[9]. Mathilde n'a fait aucun effort pour cacher ses larmes. Elle a les yeux rouges et tient dans la main un mouchoir tout mouillé.

Les trois belles-filles, elles non plus, n'ont pu retenir leurs larmes quand la chorale a entamé[10] le «in paradisum».

1. *le service funèbre:* de rouwdienst
2. *le catafalque:* de katafalk, opstelling van de lijkkist vooraan in de kerk
3. *grincer:* knarsen
4. *les gonds:* de hengsels
5. *le sacristain:* de koster
6. *un battant de porte:* een deurvleugel
7. *le deuil:* de rouw
8. *impassible:* onbewogen
9. *affligé:* bedroefd
10. *entamer:* beginnen

Pierre n'est pas allé au cimetière. Il aide sa mère à mettre la table. Comme c'est l'habitude, la famille se réunira pour prendre un repas léger: du pain, du fromage, de la charcuterie, du café. Cette fois-ci madame Eléonore n'est plus là pour surveiller les préparatifs. Elle était très stricte en ce qui concerne les détails.

Elle affectionnait particulièrement les belles tables: les couverts d'argent bien lustrés[11], les verres de cristal étincelants[12], la vieille porcelaine brillante. Pierre se demande si pour cette occasion il lui faut placer les deux chandeliers[13] d'argent sur la table. De son vivant, la châtelaine préférait toujours la clarté douce d'un éclairage aux chandelles.

— Tu es prêt, Pierre? Ils arrivent!

Anne entre en courant.

— Oui, tout y est.

Tous s'installent à leur place habituelle autour de la table. Philippe apporte le café et commence à remplir les tasses.

— Qui aurait cru qu'on se retrouverait ici si vite, dit Jean. J'espère que cette fois-ci ce repas n'en annonce pas un autre du même genre.

— Qu'est-ce que tu veux dire? demande Mathieu.

Jean est surpris.

— Oh, rien de spécial, dit-il, mes paroles ont dû dépasser ma pensée.

Tout le monde se tait. Ils pensent tous à l'accident pendant leur dernier souper. Automatiquement ils se tournent vers Luc.

Celui-ci comprend immédiatement.

— J'aurais préféré ne pas en parler, dit-il. Cependant, vu que tout le monde pense la même chose, je ne veux pas vous cacher les résultats de l'analyse que j'ai faite. J'ai trouvé des restes de poison dans la nourriture que j'ai ramassée.

Il se tait un instant et regarde les visages effrayés qui l'entourent. Personne n'intervient. Tous l'interrogent du regard. Il continue.

— Je peux difficilement croire que quelqu'un aurait voulu empoisonner notre chère Mathilde. Je veux plutôt croire à un pénible accident. Bref, dans le verre se trouvaient des restes de l'insecticide que nous connaissons tous et

11. *lustré:* glanzend
12. *étincelant:* schitterend
13. *un chandelier:* een kandelaar

qui sert à la confection de la bouillie bordelaise[14]. Comme nous sommes tous enfants de vigneron, ce produit nous est assez familier. Mélangé à la nourriture en quantité suffisante, il provoquerait certainement la mort. Dans d'autres cas il peut agir comme un vomitif[15] violent.

—Je ne sais pas si c'est important, dit Mathieu, mais j'aimerais quand même signaler que mes deux filles aussi ont été malades la nuit après le souper. Seulement j'ai toujours cru qu'elles avaient mangé trop.

— Quoi qu'il en soit, il est trop tard maintenant pour trouver la cause de leur malaise, dit Luc.

— D'où peut bien venir ce poison?

— C'est ce que je ne sais pas, Jean. Tout le monde peut se le procurer facilement. Par exemple Mathieu en a certainement.

— Mais! dit Mathieu.

— Et Marc, notre chimiste, doit en posséder des quantités puisqu'il le produit lui-même dans son usine.

Et toi et moi nous pourrions l'acheter étant donné qu'il est en vente libre. Et comme cette maison aussi cultive les vignes, on doit pouvoir le trouver quelque part ici.

— Quelle est alors ta conclusion?

— Tout cela me paraît tellement stupide que je ne peux conclure qu'à un accident.

— Et si ce n'était pas un accident? dit Jean.

— Dans ce cas il y a peut-être d'autres complications qui nous attendent.

— Vous croyez que quelqu'un de la famille... Rachel ne termine pas sa phrase.

Jean reprend la parole.

— Vous avez déjà remarqué que nous nous asseyons toujours à la même place lors des réunions de famille.

Tout est réglé en détail, tout est prévu dans cette maison. Un meurtrier qui connaît nos habitudes peut frapper sans aucun problème la personne de son choix.

— Et alors? demande Jeanne.

14. *la bouillie bordelaise:* bordelese pap, een produkt dat in de landbouw wordt gebruikt ter bestrijding van sommige schimmelziektes

15. *un vomitif:* een braakmiddel

— Je propose, continue Jean, de changer de place avant de commencer à manger. Moi-même je prendrai la chaise de madame Mathilde.
Il se lève tout en guettant[16] la réaction des autres. Personne ne proteste. Il y a une petite hésitation, puis tous l'imitent. Ils changent de place.

16. *guetter:* bespieden

QUESTIONNAIRE 5

1. Décrivez les personnes présentes à l'enterrement.
2. Quel est le résultat de l'analyse faite par Luc?
3. Qui aurait pu posséder le poison? Expliquez.
4. Qu'est-ce que Jean propose? Pourquoi?
5. Qu'est-ce que vous pensez vous-même de cette histoire de poison?

6
QUI EST COUPABLE?

— Il y a quelque chose qui te chiffonne[1], Pierre?

— Oui, les petites.

— Quelles petites?

— Les filles de Mathieu, Anne. Tu n'as pas entendu qu'elles aussi avaient été malades.

— Je l'ai entendu mais personne n'a vraiment fait attention à cette remarque.

— Cela aussi me semble curieux.

— Tu ne saurais pas être un peu plus clair dans tes explications?

— Tu sais bien qu'elles n'aiment pas manger de l'oie. De plus, il n'y avait pas de glace comme dessert.

— Qu'est-ce que cela signifie?

1. *chiffonner:* dwars zitten

— Qu'elles n'ont pas trop mangé.
— Elles ont peut-être bu?
— J'ai demandé à papa. Elles n'ont bu que de la limonade.
— Et en te basant sur tout cela tu conclus..?
— Qu'elles aussi ont avalé du poison. Ainsi nous avons affaire à quatre personnes empoisonnées.
— Il me semble que tes conclusions sont un peu hâtives.
— Et pourquoi, je te le demande? Le pharmacien de la famille a formellement reconnu que madame Mathilde avait avalé du poison.
— D'accord en ce qui concerne madame Mathilde. Il ne s'est pas prononcé pour les autres. En outre, les effets me semblent trop divergents, Pierre. Madame Mathilde s'est écroulée sous nos yeux, madame Eléonore est morte bien plus tard et les fillettes ont été malades durant la nuit.
— Tous les organismes ne réagissent pas de la même façon. D'ailleurs, elles n'ont probablement pas absorbé la même dose.
— Mais pourquoi précisément ces quatre et pas les autres?
— Je suppose que nous avons affaire à un meurtrier ou bien particulièrement rusé[2], ou bien particulièrement maladroit[3].
— Et alors, comment savoir?
— En faisant une analyse minutieuse[4] des faits.
— J'ai l'impression que tu te prends pour Hercule Poirot.
— Soyons sérieux.
— Soit, je t'écoute.
— Première hypothèse: le meurtrier est maladroit.
Il a l'intention de tuer une personne déterminée, mais par sa maladresse il réussit à en frapper quatre. Dans ce cas il faudrait vérifier si oui ou non il a atteint son but.
— Comment veux-tu vérifier cela?
— En étudiant qui profite de la mort de madame Eléonore. Je préférerais cependant te présenter la deuxième hypothèse. Le meurtrier a l'intention de liquider madame Eléonore, mais il craint d'être démasqué trop vite s'il ne frappe que sa victime. Il lui faut une orchestration pour faire croire à un empoisonnement accidentel. Il s'arrange de telle sorte que plusieurs personnes soient prises d'un malaise. Il prévoit que le pharmacien de la

2. *rusé:* listig, geslepen
3. *maladroit:* onhandig
4. *minutieux:* nauwgezet

famille fera une analyse de la nourriture et conclura à un regrettable concours de circonstances.

— Et que faudra-t-il faire dans ce cas-là?

— Egalement vérifier qui profite de la mort de madame Eléonore.

— Je ne vois pas où est la différence avec la première possibilité.

— Il n'y en aura pas dans notre enquête. Si, cependant, la deuxième hypothèse est la bonne, il faudra s'attendre à d'autres complications.

— Pourquoi?

— Parce que nous avons précisément affaire à une personne particulièrement rusée.

— Et si ce n'était pas madame Eléonore qui devait être liquidée?

— Cela me paraît peu probable. La mort des autres ne profiterait à personne. Les deux enfants sont encore trop jeunes pour posséder quoi que ce soit et madame Mathilde n'était qu'une dame de compagnie sans ressources[5].

— En suivant ton raisonnement, je ne puis m'empêcher de conclure que les fausses victimes étaient mal choisies.

— Tu comprends maintenant: il faudra aussi chercher du côté des filles de Mathieu. Il y a probablement une possibilité que nous n'avons pas encore envisagée.

— Mais Pierre, tu oublies un élément important!

— Lequel?

— Le médecin a affirmé qu'Eléonore est morte d'une crise cardiaque.

— Il peut se tromper.

— Un médecin?

— Pourquoi pas? Il a tiré la conclusion qui s'imposait sans vraiment bien examiner le corps.

— Tu crois?

— Certainement. Il n'avait aucune raison de chercher plus loin. Personne ne le lui a demandé. Personne n'a dit un mot de Mathilde. Ils étaient tous trop contents d'être débarrassés de la vieille.

— Tous?

— Je veux dire les quatre fils. Nous pouvons supposer que la mère détenait encore une part appréciable de l'héritage paternel.

— Et Louis? Et Mathilde?

5. *les ressources (f. pl.):* een bron van inkomsten

— On ne sait jamais ce qui se passe dans le coeur des hommes.
— Décidément, Pierre, tu es dur pour les gens.
— Un bon détective envisage toutes les possibilités même les plus invraisemblables.
— Et qu'est-ce que tu comptes faire maintenant?
— Attendre.
— Attendre quoi?
— Attendre que je connaisse les stipulations[6] du testament.
— Oh je vois! D'abord chercher le motif pour pouvoir découvrir après le coupable.
— Ouvrons bien les yeux et les oreilles. Le moindre indice[7] peut être capital.

6. *une stipulation:* een bepaling

7. *un indice:* een aanwijzing

QUESTIONNAIRE 6

1. Pourquoi Pierre parle-t-il du malaise des deux filles de Mathieu?
2. Quelles sont les deux hypothèses de Pierre? Où est la différence?
3. Voyez-vous encore une autre possibilité?
4. Pourquoi les fils seraient-ils contents de la mort de leur mère?

7
LE TESTAMENT

Le dégel a fait son entrée. L'eau dégouline[1] du toit et trace des dessins bizarres sur les vitres. Derrière la fenêtre le paysage se perd dans un brouillard épais.

Pierre entend des pas dans l'allée du château.

Impossible de voir qui passe. On dirait les pas d'une personne pressée, quelqu'un qui a hâte de se mettre à l'abri du temps maussade[2].

C'est probablement Mathilde qui revient du village, pense Pierre. Décidément la dame de compagnie est encore plus sotte que sa maîtresse. Il y a quinze jours maintenant que la châtelaine est morte.

Au début Mathilde était terrassée[3], inconsolable[4].

Après la lecture du testament, un changement s'est opéré en elle. Depuis lors elle fait preuve d'une vitalité qu'on ne lui avait jamais vue. Chaque matin, malgré le mauvais temps, elle part au village pour faire des courses, ce qu'elle n'a jamais fait auparavant. Parfois aussi elle se rend à l'église pour y assister à la messe de sept heures en compagnie de quelques autres bonnes femmes de la paroisse.

Est-ce que Mathilde aurait hérité de la bigoterie de madame Eléonore?

— Je peux entrer, Pierre?

— Mais oui!

Anne entre. Elle a un sourire triomphal aux lèvres.

— D'abord une question: où en est-tu avec ton enquête?

— Pas fort loin.

Pierre regarde tristement les papiers qui se trouvent devant lui sur la table. Il a essayé de faire une liste des suspects[5] et d'indiquer pour chacun d'eux un motif.

— Tu sais bien, Anne, que je n'ai pas encore trouvé grand-chose.

1. *dégouliner:* druipen
2. *le temps maussade:* druilerig weer
3. *terrassé:* teneergeslagen, zeer bedroefd
4. *inconsolable:* ontroostbaar
5. *un suspect:* een verdachte

— Dis quand même ce que tu as déjà appris.
— Voilà mes notes.
Pierre prend ses papiers en main et lit:

Mathieu: fils aîné d'Eléonore, vigneron, marié, deux filles.
Lors du partage de l'héritage paternel, il a racheté les vignes qui revenaient à ses frères. Il s'est lourdement endetté[6] pour pouvoir exécuter ses projets.

— Tu vois, Anne, c'est notre premier suspect.
Pour pouvoir hériter plus vite il a empoisonné sa mère. En outre, il a même administré une dose minimale à ses filles pour pouvoir brouiller la piste[7].
— Bien trouvé, Pierre, continue.

Marc: deuxième fils, marié sans enfants.
Il a placé sa part de l'héritage dans une usine chimique spécialisée dans les insecticides.
On raconte qu'il a dû licencier[8] bon nombre de ses ouvriers. Sa petite usine ne peut plus faire face à la concurrence des entreprises multinationales.
Sa femme aime le luxe et coûte très cher à son mari (source: Mathilde).

— Comme tu vois, Anne, lui aussi a bien besoin d'argent. Je le soupçonnerais le premier si le poison trouvé n'était pas un insecticide qui vient de chez lui.

6. *s'endetter:* schuld maken
7. *brouiller la piste:* de sporen uitwissen, de toestand ondoorzichtig maken
8. *licencier:* afdanken

— Et pourquoi?
— Parce qu'il serait vraiment trop facile de trouver le meurtrier.
— D'accord, et ensuite?

Luc: troisième fils, pharmacien, marié, sans enfants. On dit que dans le passé il aurait fait de mauvais placements et qu'un peu d'argent viendrait bien à point. Dans le temps, la famille s'était opposée à son mariage à cause de l'origine populaire de sa femme Rachel.

— C'est Luc qui a proposé de faire une analyse quand Mathilde s'est trouvée malade.
— C'est ce que tout le monde attendait de lui. La meilleure façon d'enlever tout soupçon était donc de prendre l'initiative.
— Et après?

Jean: quatrième fils, célibataire. Il a fait des études de lettres et essaie de vivre de sa plume. De temps en temps il publie dans l'une ou l'autre revue littéraire des poèmes de visionnaire[9]. Il aime beaucoup la boisson et les jolies femmes.

— Donc, lui aussi pourrait être à court d'argent?
— Ce ne serait pas étonnant.
— Et Mathilde, elle ne profite pas de la mort d'Eléonore?
— Elle reçoit probablement l'un ou l'autre legs[10].

9. *un visionnaire:* een fantast, een dromer
10. *un legs:* een legaat

— Elle a besoin d'argent?
— Cela m'étonnerait. Elle s'est contentée de jouer un rôle tout à fait secondaire durant toute sa vie. Elle n'a jamais manifesté le désir de mener une autre existence que celle de dame de compagnie. Elle a toujours vécu au château et n'a pas d'autre maison. Si jamais on vend le château, elle n'aura plus de toit au-dessus de la tête.
— Elle pourrait avoir envie de quitter ce château.
— Pour quoi faire?
— Elle veut peut-être aller vivre avec un homme et n'attend que l'argent pour s'installer.
— Mathilde! à son âge! Non, tu ne peux pas y croire toi-même.
— Maman m'a dit que Mathilde a été follement amoureuse quand elle était jeune.
— Pourquoi ne s'est-elle pas mariée alors?
— Il parait que le jeune homme a préféré une fille plus fortunée.
— Dans ce cas, je ne vois vraiment pas...
— Qui sait? Il n'est pas exclu que cet homme, devenu veuf, veuille tenter une deuxième fois l'aventure avec celle qu'il a aimée dans sa jeunesse.
— Tu connais le prétendant?
— Non, maman ne l'a pas nommé. Il est même probable qu'elle ne le connaît pas elle-même ou qu'elle préfère ne pas mentionner son nom.
— Cette histoire me paraît un peu trop romantique.
— On ne sait jamais. Mais continuons. Qui est encore sur ta liste?
— Louis. Cependant, je n'ai rien à sa charge. Il mène la vie d'un rentier très modeste. Le mariage avec Eléonore ne pouvait qu'améliorer sa situation.
— Tout ce que tu viens de dire est très beau, mais tu te trompes, Pierre.
— Quoi? Tu en sais plus long?
— Oui.
— Et c'est maintenant que tu me le dis.
— J'ai d'abord voulu connaître ton opinion.
— Pourquoi?
— Parce que ton raisonnement est le plus logique.
Si on ne sait rien du testament, on doit nécessairement penser comme toi.
— Tu connais donc le contenu du testament et tu me fais débiter toutes mes hypothèses. Tu dois avouer que ce n'est pas très chic de ta part. Dis au moins ce que tu sais.
— Je sais qu'il n'y aura pas d'héritage à partager.
— Qui t'a dit cela?

— Le bavardage des femmes a parfois du bon. Madame Mathilde a parlé à maman et comme maman et moi nous nous entendons bien...
— Elle t'a tout raconté aussi.
— C'est cela!
— Qu'est-ce que tu entends au juste par: il n'y aura pas d'héritage?
— Qu'il n'y a plus rien à distribuer et que les héritiers sont bien déçus.
— Explique-toi.
— Eh bien, à la mort de monsieur Lachat, le mari d'Eléonore, les enfants ont eu la part de leur père. La maman n'a gardé que le château et quelques vignes.
— Ce qui veut dire qu'il restait une fortune non négligeable entre les mains de la châtelaine.
— En effet, c'est ce que tout le monde pensait. En vérité, le château était lourdement hypothéqué. Monsieur Louis ayant repris l'hypothèque, madame Eléonore et le notaire se sont arrangés pour que les enfants ne se doutent de[11] rien. Bref, le véritable propriétaire est actuellement monsieur Louis.
— Ça alors!
— Inutile de dire que tout le monde était bien surpris.
— Et si le mariage avait eu lieu?
— Dans ce cas, toutes les suppositions sont possibles.
— Par exemple?
— L'un ou l'autre jour les fils auraient pu hériter de leur beau-père.
— Et si, ...
— Si quoi?
— Si tout à coup monsieur Louis avait eu envie d'entrer effectivement en possession du château, de s'installer comme châtelain?
— Il n'avait qu'à épouser Eléonore. D'ailleurs, il semble bien en avoir eu l'intention.
— Il y avait encore un autre moyen.
— Lequel? mais... tu veux dire... Non, ce n'est pas possible!
— On ne sait jamais ce qui se passe dans le coeur des hommes. Pour entrer plus vite en possession de son bien, il n'avait qu'à hâter un peu la mort de sa fiancée.
— Impossible. L'homme était vraiment inconsolable.

11. *se douter de:* vermoeden

— Il n'est pas difficile de jouer la comédie.
— Pas à tel point.
— Qu'est-ce que tu en sais?
— Un homme toujours si calme, si gentil, un ami de la famille?
— Tu n'as qu'à lire l'histoire des grands meurtriers tels que Landru, l'étrangleur de York etc. pour savoir que sous un aspect anodin[12] et innocent peut se cacher un assassin sadique redoutable[13].
— Soyons réalistes. Tu as des preuves?
— Non, mais peut-être une petite indication.
— Laquelle?
— Tu te souviens que monsieur Louis est venu la veille du grand souper?
— Oui, et alors?
— Il ne venait jamais au milieu des préparatifs d'une fête.
— Qu'est-ce qu'il est venu faire?
— Voilà la question! Je ne le sais pas, tu ne le sais pas non plus et il est possible que personne ne le sache. Voilà ce qui me paraît suspect.
— Oui, en effet, c'est curieux.

12. *anodin:* onopvallend, onschuldig
13. *redoutable:* geducht

QUESTIONNAIRE 7

1. Chacun des fils a un motif pour tuer sa mère. Expliquez.
2. Est-ce que Mathilde aurait eu une raison de tuer son amie?
3. Quelle était la surprise du testament?
4. Est-ce qu'il y a des raisons pour soupçonner Louis?

8
La chapelle mystérieuse

Pierre est distrait. Depuis quelques jours il a repris sa lecture favorite: «Les Rois maudits» de Maurice Druon. Cependant il n'arrive plus à s'intéresser vraiment à l'histoire des rois de France. Les assassinats qui se succèdent dans le livre le font continuellement penser à ce qui s'est passé autour de lui. Au début il avait l'impression d'avoir envisagé toutes les possibilités et de pouvoir arriver tôt ou tard à résoudre le problème. Maintenant il se sent découragé. L'enquête n'avance pas du tout. Et pourtant, pense Pierre, je ne peux toujours pas croire à la crise cardiaque. Eléonore n'est pas morte d'une mort naturelle. Néanmoins[1], la disparition de la châtelaine n'a pas entraîné les bouleversements qu'on pourrait attendre. Les quatre fils, en accord avec monsieur Louis, ont estimé que ce n'était pas le bon moment de vendre le château. Le produit de la vente n'aurait pas suffi à rembourser les sommes avancées.

Monsieur Louis, de son côté, a fait savoir que provisoirement il ne changerait rien à ses habitudes. Il continuait à habiter sa maison au village et avait confié le soin de gérer[2] le château à Mathilde.

Anne arrive.

— Quoi de neuf?

— Toujours rien.

— Alors, l'enquête est définitivement close?

— On pourrait encore essayer de reconstituer les faits sur les lieux mêmes: la salle à manger, la chapelle. Bien sûr qu'on ne peut pas procéder à une véritable reconstitution, mais on peut toujours aller voir les lieux de plus près.

— Bon, où veux-tu commencer?

— A l'arrivée des invités; donc, dans le hall.

Ils se trouvent dans le hall d'entrée. Une lumière blafarde[3] éclaire le dallage de marbre. Les coins restent plongés dans un clair-obscur incertain.

1. *néanmoins:* nochtans
2. *gérer:* beheren
3. *blafard:* vaal

— Anne, tu es madame Eléonore. Tu reçois tes invités. Tu te mets ici au milieu du hall.
Voyons, qui est arrivé le premier?
— Mathieu évidemment avec sa femme et ses deux enfants.
— Je suis Mathieu. J'arrive. Qu'est-ce que je fais?
— Tu me dis bonjour.
— Bien, qu'est-ce qui se passe après?
— Ta femme, enfin la femme de Mathieu, les deux filles me saluent. Puis on pose les questions classiques sur la santé, etc., etc.
— Et puis?
— Les autres arrivent. Le scénario se répète.
— Entretemps je peux facilement aller faire un tour par la cuisine, la salle à manger. Bref, personne ne remarquera si un des invités s'absente pendant quelques instants. Surtout avec tous ces coins obscurs.
— Au contraire, on trouverait anormal que tout le monde reste ici jusqu'à l'arrivée des derniers.
— Tu vois, un candidat meurtrier aurait largement le temps de préparer son coup.
— Tu as déjà une idée précise, Pierre?
— Pas encore. Continuons. On se rend maintenant à la salle à manger.

La salle à manger est inondée de soleil.
— Il faudrait tirer les rideaux.
— Pourquoi?
— Rappelle-toi, il faisait presque noir dans la pièce.
— Il faut donc fermer les rideaux et allumer les lampes.
— Les lustres n'étaient pas allumés, il n'y avait que des bougies.
— C'est vrai, madame Eléonore aimait les soupers aux chandelles.
— Asseyons-nous ici, au bout de la table. Je suis monsieur Louis. Toi, tu es madame Eléonore. J'ai l'intention de te tuer et j'attends le moment propice[4] pour mettre l'un ou l'autre poison dans ton assiette ou dans ton verre. Tu crois que je pourrais le faire sans attirer l'attention?
— Je ne le pense pas.
— Moi, au contraire, j'estime que c'est possible.
Par exemple, qu'est-ce qui se passe quand on apporte un nouveau plat?

4. *propice:* gunstig

— Tout le monde se tourne du côté de la cuisine.
— Comme, en outre, il ne fait pas trop clair dans la pièce, j'ai donc toutes les chances qu'on ne remarque pas mon geste.
— Attends! Je suppose qu'on parle de la mort de madame Eléonore?
— Oui.
— D'accord pour ce cas-là. Mais tu devras répéter plusieurs fois ton geste. Il y a les deux filles, madame Mathilde. Je ne te vois pas faire le tour de la table avec ton petit sachet de poison.
— Il n'y avait pas d'issue fatale[5] pour les autres.
— Non, mais bien des malaises.
— Que j'ai peut-être provoqués. On a constaté tantôt que presque tout le monde a eu l'occasion de faire le tour du château avant le souper. Si je voulais empoisonner madame Eléonore, je préférerais aussi que d'autres soient malades. Cela ferait plutôt croire à un accident. Une petite dose, sans danger, pourrait créer une diversion[6] qui pourrait m'être utile.
— Cette idée se défend.
— Récapitulons: les invités, l'éclairage aux chandelles, les moments d'inattention, le malaise de Mathilde.
— Tu oublies un détail.
— Lequel?
— Les deux fillettes ne sont pas restées longtemps à table.
— C'est vrai. Où sont-elles allées?
— A la chapelle, l'endroit le plus mystérieux de la maison. Elles y allaient chaque fois. Elles s'amusaient à allumer toutes les bougies et à regarder, - en frissonnant -, les ombres vacillantes sur les murs. Elles y jouaient parfois assez longtemps. Ce détail ne te paraît pas important?
— Il ne faut rien négliger. D'ailleurs madame Eléonore est morte dans la chapelle.
— Tu ne vas pas me dire qu'elle a été tuée par ses petites-filles?
— Non, mais les petites filles pourraient y avoir attrapé leur malaise. Il faut donc s'y rendre!

La chapelle était restée telle qu'elle était à la mort de la châtelaine. Personne n'avait pensé à ouvrir les persiennes qui fermaient presque hermétiquement les fenêtres et ne laissaient filtrer qu'un tout faible rayon de lumière.

5. *une issue fatale:* een fatale afloop
6. *une diversion:* een afleidingsmanoeuvre

Même la chaise qu'Eléonore avait entraînée dans sa chute, était restée par terre.
— Si on veut voir quoi que ce soit, il faudra ouvrir ces persiennes, dit Anne. Tu sais qu'il n'y a pas d'électricité ici.
— Non, allumons plutôt les cierges.
Une allumette craque. Anne allume les quatre chandelles qui se trouvent sur le petit autel[7].
— C'est curieux, dit Pierre.
— Qu'est-ce qu'il y a?
— Les cierges!
— Et alors?
— Mais ils sont neufs! Ils n'ont pas encore brûlé.
— Cela te paraît anormal?
— Mais oui! Madame Eléonore est morte ici. Elle a dû allumer les chandelles et comme elle n'a pas pu les éteindre, celles-ci ont brûlé entièrement ou se sont étouffées dans la cire fondue[8].
— C'est que Mathilde ou quelqu'un d'autre les a remplacées. Cela te paraît tellement bizarre?
— Non, mais bien qu'elle ait remplacé les cierges sans avoir ouvert les persiennes ni remis de l'ordre dans la chapelle.
— C'était peut-être un automatisme. Mathilde enlève régulièrement les bouts de chandelles des chandeliers et y met d'autres cierges. Elle garde les bouts dans une boîte derrière l'autel et les refond quand elle en a assez.

Pierre fait le tour de l'autel. Dans une caisse de bois il trouve en effet quatre bouts de chandelles. Il prend le plus grand en main, le tourne entre ses doigts, réfléchit et le glisse dans la poche de son pantalon.
— Qu'est-ce que tu fais, Pierre?
— J'ai une idée.
— Laquelle?
— Je t'expliquerai plus tard. Pour le moment elle est encore trop vague.
— Dis-la quand même.
— Pas pour le moment. C'est trop compliqué à expliquer.
— Vraiment?
— Vraiment.

7. *un autel:* een altaar

8. *la cire fondue:* de gesmolten was

QUESTIONNAIRE 8

1. Pourquoi Pierre veut-il aller «sur les lieux»?

2. Qu'est-ce que Pierre et Anne découvrent comme éléments utiles:

a. dans le hall?

b. dans la salle à manger?

c. dans la chapelle?

3. Quelle pourrait être l'idée de Pierre?

9
UN NOUVEAU CRIME

— Tué dans son bureau.
— Quoi? Monsieur Louis a été tué?
— Il n'y a pas de doute. Deux balles[1] dans le coeur.
— Comment l'as-tu appris, maman?
— C'est Angèle qui me l'a raconté. Je m'étais rendue au village pour faire quelques courses et chez l'épicier j'ai rencontré madame Angèle. Tu la connais bien, la femme de ménage de monsieur Louis.
— Oui et alors?
— La pauvre en était encore toute bouleversée. Imagine-toi, qu'hier matin, jeudi, elle se rend comme d'habitude chez monsieur Louis. Elle y travaille le lundi et le jeudi et possède la clef de la maison. Donc, elle entre et se rend immédiatement à la cuisine où son travail l'attend.
Au bout d'un certain temps, elle commence à s'étonner de ne pas encore avoir entendu monsieur. Elle ne s'inquiète pas trop pensant qu'il dort encore ou qu'il est sorti de bonne heure.
Un peu plus tard, elle se rend au bureau pour y prendre les poussières. En ouvrant la porte, elle reçoit le choc de sa vie.
Pétrifiée[2] elle voit d'abord que tout est sens dessus dessous dans la pièce. Les portes des armoires sont grandes ouvertes, le contenu des tiroirs du bureau renversé par terre.
Elle pense d'abord à un simple cambriolage[3] et c'est à ce moment-là seulement qu'elle remarque le corps de monsieur Louis dans le fauteuil. Une horrible tache de sang colore sa chemise blanche.
— Qu'est-ce qu'elle a fait?
— Il lui a fallu un moment pour reprendre ses esprits. Ensuite elle a vérifié si la victime était bien morte. Puis elle a appelé la police qui est arrivée quelques minutes plus tard.
Les agents n'ont rien fait. Ils ont défendu de toucher à quoi que ce soit et sont allés appeler un inspecteur pour mener l'enquête.

1. *une balle:* een kogel
2. *pétrifié:* verstijfd van schrik
3. *un cambriolage:* een inbraak

— L'inspecteur a dit quelque chose?
— Oui et non. Il suppose que c'est la victime qui a ouvert la porte à son meurtrier. Ni la porte, ni les fenêtres n'avaient été forcées. Monsieur Louis aurait fait entrer le visiteur dans le bureau. Les deux se seraient installés dans les fauteuils et le malfaiteur aurait tiré à bout portant[4] au cours de la discussion. Le bandit aurait ensuite fouillé toute la pièce à la recherche d'argent ou de papiers.
— Madame Angèle n'a pas pu dire si quelque chose avait été volé?
— Elle ne savait pas ce que monsieur Louis gardait dans son bureau. Par conséquent elle n'a pas pu aider la police.
— Et si le voleur avait eu une clef, il aurait pu entrer aussi sans forcer la porte.
— Dans ce cas, il est probable que monsieur Louis l'aurait entendu et qu'il ne serait pas resté dans son fauteuil.
— A moins que monsieur Louis n'ait pensé que c'était madame Angèle qui venait faire le ménage. Dans ce cas, il serait resté où il était.
— Tu ne penses quand même pas que madame Angèle...
— Je ne prétends rien, je raisonne.
Monsieur Louis avait-il des ennemis?
— Je crois que non.
— Même pas dans ses relations d'affaires?
— Je ne sais pas s'il avait beaucoup de relations d'affaires. Il vivait de ses rentes, du produit de ses placements.
— Il était donc riche.
— Il ne manquait de rien. D'ailleurs, tu sais bien qu'il a pu reprendre l'hypothèque du château.
— Oui, et on devrait peut-être chercher de ce côté-là.
En tout cas, il n'y a pas le moindre doute cette fois-ci: il s'agit bel et bien d'un meurtre.
Et comme la pièce était sens dessus dessous, le meurtrier ne voulait pas que tuer monsieur Louis. Il avait un autre but.
— Tu peux avoir raison, Pierre.
— Il a dû chercher des papiers compromettants.

4. *tirer à bout portant:* van op korte afstand schieten

Anne entre.
— Pierre, tu as un moment?
— Oui, bien sûr, qu'est-ce qui se passe?
— Monsieur Luc est arrivé.
— Où est-il?
— Il t'attend dans le hall et il a dit que tu avais raison.
— Oh... mais cela peut tout changer. Il faut y aller vite.
— Où vas-tu?
— Mais chez Mathilde, mon Dieu!

Pierre sort en courant. Sa soeur et sa mère le regardent partir bouche bée[5].
— Je vais avertir monsieur Luc qui attend, dit Anne.
— D'accord, ma petite. Je crois même qu'on ferait bien d'aller voir où est resté notre Pierre.

5. *bouche bée:* met open mond

QUESTIONNAIRE 9

1. Qui est madame Angèle?
2. Racontez comment madame Angèle a trouvé le corps de monsieur Louis.
3. Comment monsieur Louis a-t-il été tué?
   Quel pourrait être le mobile du meurtre?
4. Qu'est-ce qui se passe à la fin du chapitre?

10
PIERRE JOUE AU DÉTECTIVE

— Tu as une idée pourquoi on nous a réunis ici, demande Mathieu à son frère Marc.
— Il paraît que l'inspecteur veut nous mettre au courant de ce qu'il a appris.
— Qui aurait cru que notre chère Mathilde aurait suivi si vite notre mère dans la tombe?
— Pourtant, c'est vrai. Il paraît qu'elle s'est suicidée, ajoute Jeanne.
— C'est la raison pour laquelle la police s'est mêlée de l'affaire, dit Jean.
— Elle a avalé d'un trait tout un tube de somnifères[1], à ce qu'on dit. D'ailleurs...
A ce moment-là l'inspecteur Dufour entre. Il est suivi de Pierre qui tient une boîte à la main.
Ils s'installent tous les deux à une table qui a été spécialement placée dans ce but devant l'assistance.
— Mesdames, messieurs, commence l'inspecteur, permettez-moi d'abord de vous présenter mes condoléances[2]. Il est dur de devoir perdre sa mère et immédiatement après, celle qui a été pour vous une deuxième maman. Nous avons tous assisté ce matin à l'enterrement de madame Mathilde. Vous savez aussi qu'elle a décidé elle-même de quitter cette vie. Vous vous êtes certainement demandé pourquoi. Pour éviter toute équivoque[3] et empêcher les bavardages, qui ne pourraient que nuire à l'honneur des défunts et de votre famille, j'estime que vous avez droit à une explication.
Je vous demande seulement de ne pas juger trop sévèrement celle que nous avons ensevelie[4] ce matin. Ne soyez pas étonnés non plus de voir ici à mes côtés notre jeune ami Pierre. C'est lui qui a tout découvert et à qui revient l'honneur de vous fournir les explications.
L'inspecteur se tait. Tous, silencieux, examinent Pierre. Celui-ci, un peu pâle et nerveux commence à sortir quelques objets de la boîte qu'il a apportée. Il met successivement sur la table un livre, un bout de chandelle, deux petits

1. *un somnifère:* een slaapmiddel
2. *présenter ses condoléances:* zijn deelneming betuigen
3. *une équivoque:* een misverstand
4. *ensevelir:* begraven

paquets de lettres enveloppés d'un ruban bleu, un flacon vide, un petit revolver.

— Malheureusement, dit Pierre, j'ai tout découvert trop tard. Quand monsieur Luc m'a apporté le résultat de l'analyse que je lui avais demandé, je me suis précipité vers la chambre de madame Mathilde.

Il était trop tard. Le médecin a seulement pu constater la mort. Ensuite il ne m'a pas été difficile de découvrir dans la chambre les objets que voici: les lettres, le livre, le revolver. Le bout de chandelle vient de la chapelle et a été analysé par monsieur Luc.

C'était la clé de l'énigme[5]. Tout se tenait ou presque.

— On ne comprend toujours pas, dit Mathieu, comment tu as trouvé.

— Ce sont vos filles qui m'ont mis sur la bonne voie.

— Mes filles?

— Rappelez-vous qu'elles avaient été malades après le souper.

— Mathilde aussi.

— C'est vrai. Cependant, le malaise de la dame de compagnie était prévu par la victime même. La dose qu'elle s'est administrée elle-même a provoqué des effets désagréables mais pas mortels. Elle savait qu'Eléonore allait mourir. Elle avait même prévu qu'on allait trouver la mort de la châtelaine suspecte. C'est pourquoi elle a voulu suggérer un empoisonnement par accident auquel elle-même aurait échappé comme par miracle. Elle a donc mis une petite quantité d'insecticide dans son verre. Le poison a agi immédiatement.

Elle a dû vomir et a probablement un peu exagéré dans ce qui s'est passé ensuite. Elle a atteint son but: tout le monde a vu les symptômes d'empoisonnement.

Le lendemain, madame Eléonore a été trouvée morte dans sa chapelle. La conclusion qui s'imposait aurait pu être: morte par empoisonnement. Dans ce cas on aurait vu un rapport entre le malaise de madame Mathilde et la mort de madame Eléonore. Mathilde étant elle-même victime, ne pourrait pas être en même temps l'assassin.

Le médecin, cependant, a cru constater une défaillance[6] cardiaque. Ce qui rendait les choses encore plus faciles pour Mathilde.

Pierre regarde son public. Pendant l'exposé il a pris de l'assurance. C'est encore une fois Mathieu qui pose la question qu'il attend.

5. *une énigme:* een raadsel

6. *une défaillance:* een verzwakking, een zwakheid

— Si ce n'était pas une crise cardiaque, qu'est-ce que c'était alors?
Pierre montre le bout de chandelle.
— C'est cette chandelle, avec quelques autres du même genre qui a causé sa mort.
— Mais comment? reprend Mathieu.
— Je reviens à vos filles, répond Pierre. Rappelez-vous qu'elles avaient été indisposées pendant la nuit. Elles n'avaient ni trop mangé, ni trop bu et n'étaient pas malades avant le souper. Elles avaient quitté la table et étaient allées jouer, comme c'était leur habitude, dans la chapelle. Elles y ont allumé les cierges et y sont restées un certain temps. Puis madame Eléonore est venue à la même chapelle, elle y est restée longtemps pour prier et y a trouvé la mort. C'est ce qui m'a donné l'idée d'aller voir sur les lieux.
Je m'y suis rendu et j'ai constaté, à ma grande surprise, que quelqu'un avait remplacé par de nouvelles chandelles les bouts brûlés.
J'ai retrouvé ces derniers dans la caisse où on les garde habituellement. C'était bizarre parce qu'on n'avait même pas pris la peine de remettre à leur place les chaises tombées.
Quand plus tard j'ai trouvé dans la chambre de madame Mathilde le livre que voici et que j'avais déjà lu auparavant, je savais que j'avais eu la bonne intuition.
Pierre montre le livre.
— Il s'agit du livre «Les Rois maudits» tome I, de Maurice Druon, comme vous voyez.
Dans cette oeuvre on peut lire comment Nogaret, la main droite de Philippe le Bel, a été assassiné en 1314 par une chandelle empoisonnée. La recette y est également donnée. Il suffit de mêler un produit chimique, le sulfocyanure de mercure, à la cire quand on fabrique le cierge. Ce que tout le monde peut faire avec un peu de dextérité[7].
Quand le cierge brûle, des gaz extrêmement toxiques se dégagent et envahissent la pièce, surtout si elle est petite. Ces gaz agissent sur les poumons et le coeur de celui qui s'y trouve. C'est de cette façon que Nogaret a été assassiné, c'est ainsi que madame Eléonore a trouvé la mort. Une fois les cierges brûlés, il ne reste plus de traces. Les gaz se dissipent après quelques heures et il ne reste que la victime et... éventuellement, des bouts de chandelles. Si on ne fait pas de véritable autopsie[8], on pourrait croire à une crise cardiaque.

7. *la dextérité:* de handigheid

8. *une autopsie:* een lijkschouwing

— Vous avez des preuves? dit Jean.
— J'ai analysé le bout de chandelle et j'y ai trouvé des traces du sulfocyanure de mercure, déclare Luc.
Je peux donc confirmer ce que Pierre a dit.
— En outre madame Mathilde possédait le livre dont je viens de parler, ajoute Pierre. Seulement, je ne sais comment elle a pu se procurer le produit.
— Le produit n'est pas rare, reprend Luc. Si quelqu'un veut vraiment l'acheter, il y a moyen de le trouver dans le commerce, chez les fournisseurs de produits chimiques.

— Et le motif? C'est Rachel qui intervient.
— Voilà, dit Pierre. Il désigne les deux paquets de lettres enrubannés de bleu.
Ce premier paquet de lettres prouve que Mathilde était la première amoureuse de celui qui allait devenir le mari d'Eléonore. Mathilde a accepté une première fois d'être évincée[9] par son amie, sa soeur presque. Elle n'a pas pu supporter une deuxième défaite[10]. Ce deuxième paquet montre, en effet, qu'elle était en de très bons termes avec l'ami de la famille: monsieur Louis. Sans doute a-t-elle toujours espéré l'épouser un jour ou l'autre.

9. *évincer:* verdringen

10. *une défaite:* een nederlaag

Quand elle a vu qu'Eléonore était une deuxième fois sa rivale et qu'elle allait remporter la victoire, elle a pris la décision de la faire mourir.
— Et monsieur Louis?
— Voilà le revolver avec lequel il a été tué. L'inspecteur Dufour pourrait vous le confirmer.
— En effet, il n'y a pas de doute, dit l'inspecteur.
— Mais c'est affreux, dit Jeanne. La pauvre femme serait donc allée trouver monsieur Louis et l'aurait tué comme ça, de sang-froid[11].
— C'est encore plus grave, dit l'inspecteur. Elle a préparé le terrain. Elle se rendait souvent au village, se montrait tôt à l'église, un peu plus tard au magasin, etc. Elle s'est montrée aussi le jour de l'assassinat. Elle voulait avoir un alibi, tout en trouvant le temps d'exécuter son plan.
— Et comment expliquez-vous alors sa mort?
— Au fond, reprend l'inspecteur, madame Mathilde n'était pas le type de l'assassin. Elle a agi dans une crise de folie, provoquée par une jalousie refoulée[12] pendant des années.
Après son acte, elle s'est effondrée[13]. Elle a compris qu'elle avait tué les êtres qu'elle aimait le plus au monde. Elle n'a pas pu supporter cette idée. Elle ne voyait plus qu'une solution: la mort.

Fin

11. *de sang-froid:* in koelen bloede
12. *refouler:* onderdrukken
13. *s'effondrer:* ineenstorten

QUESTIONNAIRE 10

1. Qui est mort et comment?
2. Reconstituez l'histoire, dans l'ordre chronologique, à l'aide des éléments découverts par Pierre.
   a. la jeunesse d'Eléonore et de Mathilde
   b. le mariage d'Eléonore, la déception de Mathilde
   c. la deuxième déception de Mathilde.
   d. les meurtres et la mort de Mathilde.